Musique de Robert Schumann

Pierre et Clara

Concept original de Denise Trudel

Conte de Mathieu Boutin
Illustrations de Paule Trudel Bellemare

Narration : Pascale Montpetit
Voix de Pierre : Cora Lebuis
Voix de Clara et de la maman de Pierre : Sophie Cadieux
Voix du professeur Wieck et du papa de Pierre : Carl Béchard
Au piano : Denise Trudel

Collection « Conter fleurette »

Planète rebelle

Fondée en 1997 par André Lemelin,
dirigée par Marie-Fleurette Beaudoin depuis 2002
7537, rue Saint-Denis, Montréal (Québec) H2R 2E7 CANADA
Téléphone: 514. 278-7375 – Télécopieur: 514. 270-5397
Adresse électronique: info@planeterebelle.qc.ca
www.planeterebelle.qc.ca

Illustrations: Paule Trudel Bellemare
Révision: Janou Gagnon
Révision de l'allemand: Louis Bouchard
Correction: Corinne De Vailly
Correction d'épreuves: Diane Trudeau
Conception de la couverture: Marie-Eve Nadeau
Mise en pages: Marie-Eve Nadeau
Impression: Transcontinental Métrolitho

Les éditions Planète rebelle remercient le Conseil des
Arts du Canada de l'aide accordée à leur programme
de publication, ainsi que la Société de développement
des entreprises culturelles du Québec (SODEC) et le
«Gouvernement du Québec – Programme de crédit
d'impôt pour l'édition de livres – Gestion SODEC».
Planète rebelle remercie également le ministère du
Patrimoine canadien du soutien financier octroyé
dans le cadre de son « Programme d'aide au
développement de l'industrie de l'édition (PADIÉ)».

Distribution en librairie:
Diffusion Prologue, 1650, boul. Lionel-Bertrand
Boisbriand (Québec) J7H 1N7 CANADA
Téléphone: 450. 434-0306 – Télécopieur: 450. 434-2627
www.prologue.ca

Dépôt légal: 4ᵉ trimestre 2008
Bibliothèque et Archives nationales du Québec
Bibliothèque et Archives Canada
ISBN: 978-2-922528-89-3

Conte de Mathieu Boutin
Illustrations de Paule Trudel Bellemare
Musique de Robert Schumann ∿ Au piano : Denise Trudel

Pierre et Clara

Planète rebelle

PARUS DANS LA COLLECTION
Conter fleurette

Contes d'Afrique
Écrits par Abakar Adam Abaye
Racontés par Franck Sylvestre
Illustrés par Sylvie Bourbonnière
Montréal, Planète rebelle, 2008.

La légende de Barbe d'Or
Écrite par Marc-André Berthold et
Simon-Pierre Lambert
Racontée par Simon-Pierre Lambert, Marc-
André Berthold et Marie-Ève Émond
Illustrée par Éloïse Brodeur
Montréal, Planète rebelle, 2008.

Les aventures de Samuel de Champlain
Texte de Francine Legaré
Concept et chansons de Gaëtane Breton
Illustré par François Girard
Montréal, Planète rebelle, 2008.

Pierre et le pialeino
Conte de Mathieu Boutin
Concept original de Denise Trudel
Raconté par Pascale Montpetit et Cora Lebuis
Illustré par Paule Trudel Bellemare
Montréal, Planète rebelle, 2007.

Les contes de Petite Souris
Écrits, racontés et illustrés par Jacinthe Lavoie
Montréal, Planète rebelle, 2007.

Ti Pinge
Écrit et raconté par Joujou Turenne
Illustré par Karen Hibbard
Traduit en anglais par Kathleen Fee
Montréal, Planète rebelle, 2006.

Arthur la Carotte et le rêve magique
Conte de Georges Raby
Raconté par François Lavallée
Illustré par Guth Des Prez
Montréal, Planète rebelle, 2006.

Contes de l'ours
Écrits et racontés par Nicole Filiatrault
Illustrés par Alexandre Girard
Montréal, Planète rebelle, 2005.

L'envolée fantastique
Écrite et racontée par Marc Laberge
Illustrée par Guth Des Prez
Montréal, Planète rebelle, 2005.

Histoires horrifiques
Écrites et racontées par Lorette Andersen
Illustrées par Éloïse Brodeur
Montréal, Planète rebelle, 2005.

Contes traditionnels du Canada
Adaptés par Pascale Desbois
Racontés par Stéphanie Vecchio
Illustrés par Frédérique Lafortune
Une idée originale de Guylaine Picard
Radio Canada International
Montréal, Planète rebelle, 2003.

Gourmandises et diableries
Contes adaptés et racontés par Renée
Robitaille
Illustrés par Éloïse Brodeur
Montréal, Planète rebelle, 2003.

Pierre et Clara

Ninaninanan

Comme chaque mardi, après l'école, Pierre s'était rendu à pied chez le professeur Wieck pour sa leçon de piano. Il avait un drôle de nom, ce professeur, parce qu'il était originaire d'un pays où les gens, apparemment, ont des drôles de noms. L'Allemagne. Pierre ne pouvait d'ailleurs jamais se rappeler comment le prononcer. Ouique? Vièque?

C'est très désagréable quand les gens ne prononcent pas bien le nom que l'on porte. Pierre le savait. Aussi se contentait-il de l'appeler «professeur», pour ne pas le vexer. «Heureusement, "Pierre", ça tout le monde sait le dire!» s'enorgueillissait-il, comme s'il s'agissait là d'un exploit.

Ce mardi-là, Pierre avait beaucoup de mal à se concentrer, alors qu'il jouait son morceau pour ce qui lui semblait la millième fois.

— C'est pas mal du tout, Pierre. Mais tu ne sembles pas très concentré. Voilà déjà plusieurs mois que tu travailles cette pièce.

Ah oui! Non seulement le professeur avait un drôle de nom, mais en plus il parlait le français avec un bien drôle d'accent.

Pierre tapotait le clavier du bout du doigt en faisant la moue et en donnant des petits coups de pieds sur l'instrument pour bien marquer son mécontentement.

— Je ne suis plus sûr du tout de vouloir continuer à prendre des leçons. Ça ne va pas assez vite à mon goût. Vous savez, avec le pialeino, ça allait beaucoup plus rapidement. En une journée, j'avais appris plein de choses. Mais là, avec vous, je ne sais pas...

Ce n'était pas la première fois que Pierre évoquait cette bête étrange qu'il appelait le pialeino. Un mélange de baleine et de piano, que, selon les dires du petit garçon, il avait trouvé échoué sur une plage et sauvé d'une mort certaine en échange de leçons de piano.

— Encore avec tes histoires de pialeino. Quelle imagination tu as... Mais il faut travailler, mon bonhomme!
— Travailler? Encore? Moi, je croyais que la musique, ça allait être facile...
— Facile! La belle affaire!
— Bien... amusant, au moins. Là, c'est toujours la même chose. La main gauche qui fait naninaninaninaninaninaninaninaninanina...
— Oui mais..., voulut intervenir le professeur.
— Et la main droite qui fait ni, na, ni, na, ninaninanan, nan, ni, na, ni, na, na, na, naaaaaa. C'est d'un ennui..., dit Pierre en roulant des yeux.

Le professeur resta tout d'abord muet, tentant de contenir sa colère. Mais il ne put bientôt plus se retenir.
— D'un ennui? D'un ennui? répéta-t-il plus fort. *Kleiner Straßenjunge!* Ce qui, en français, se traduit par «petit polisson».

Lorsque le professeur Wieck était contrarié, il lui arrivait d'avoir recours à sa langue maternelle pour trouver le mot juste qui le soulagerait. Alors, comme il était justement vraiment contrarié, il continua:
— *Verzogenes Kind! Unverschämter Junge!* (ENFANT GÂTÉ! JEUNE EFFRONTÉ!)

Pierre ne parlait pas un mot d'allemand, mais il n'eut pas de difficulté à comprendre que son professeur était fâché. Très, même! Il n'eut pas non plus à attendre la traduction lorsqu'il vit M. Wieck se lever et lui indiquer la porte, le visage tout rouge.

Pierre prit son cahier, puis ses jambes à son cou, et sortit de la maison du professeur le plus vite qu'il put, son cahier sur la tête pour se protéger des mots qui continuaient de fuser en sa direction.
— *Dummer Junge! Faulenzer!* (JEUNE ÉTOURDI! FAINÉANT!)

∞ 2 ∞
Couiii... Couiii... Couiii...

Bien que maintenant hors d'atteinte de la colère de son professeur, Pierre devait encore traverser le grand jardin pour arriver à la rue et reprendre le chemin de sa maison.

C'était tout de même une bien belle journée. Et Pierre avait cette faculté, qu'ont souvent les enfants, de vite oublier les tracas et d'être soudain absorbé par les plus petites choses. La chaleur du soleil sur sa joue, ces jolies fleurs blanches qui pointaient à travers le gazon, cet écureuil qui se grattait et...

Un grincement parvenait à ses oreilles, sur sa gauche, près de ce grand saule: Couiii... Couiii... Couiii...

Une balançoire. Une balançoire avec une petite fille assise dessus. Couiii... Couiii... Couiii...

— C'est toi pialeino? lui lança la petite fille, entre deux balancements.
— Quoi?
Couiii... Couiii... Couiii...
— Le pialeino, c'est toi?

Pierre regarda prudemment du côté de la maison, au cas où le professeur serait encore à la porte. Rien. Il s'approcha de la balançoire.
Couiii... Couiii... Couiii...
— Que dis-tu?
La petite fille n'entendit que «u?»

Elle se balançait avec tant d'ardeur qu'il était bien difficile de tenir une conversation intelligible dans ces conditions. Il ne pouvait percevoir ce qu'elle disait que lorsqu'elle se trouvait à sa hauteur, et vice versa, et le contraire aussi.

— Je m'appelle Clara, dit-elle, au passage.
Pierre commençait à être un peu étourdi de ce va-et-vient.
— Tu pourrais t'arrêter, s'il te plaît?

Elle freina enfin sa course avec ses petites chaussures bleues qui s'enfoncèrent dans le gravier. La balançoire fit un dernier coui, le gravier, frrrrt, et la petite fille s'immobilisa tout sec. Elle regarda Pierre droit dans les yeux.

— Je m'appelle Clara. Toi, c'est le pialeino, c'est ça ?

Pour toute réponse, Pierre ne fit qu'ouvrir plus grand les yeux. Sa bouche s'entrouvrit bien un peu aussi, mais aucun son n'en sortit.

Une minute plus tôt, il avait bien senti le soleil sur sa joue, il avait bien vu les petites fleurs blanches, cet écureuil qui faisait on ne sait trop quoi. Mais là, maintenant, ces boucles rousses... Ces yeux, dont il n'aurait pas pu nommer la couleur... La chaleur du soleil se faisait plus intense sur ses joues, figé qu'il était, à l'ombre de ce grand saule.

∾ 3 ∾

Koalarinette

Pierre se rendit vite compte que d'être resté bouche bée à la question de Clara n'avait eu que bien peu de conséquences. Il en fut momentanément soulagé.

Clara aimait parler, beaucoup parler, et raconter toutes sortes d'histoires. Elle ne semblait pas se formaliser qu'on ne réponde pas à ses questions. De toute façon, elle avait vite fait d'y répondre à votre place, avec des réponses sans doute fort différentes de celles qui auraient été les vôtres et qui semblaient l'intéresser bien davantage.

C'est ainsi que Pierre apprit que Clara était la fille de son professeur de piano, M. Wieck. Il n'y avait pas de Mme Wieck, la mère de Clara étant décédée alors qu'elle n'était qu'un bébé. Le professeur et sa fille avaient ensuite quitté l'Allemagne pour venir s'établir dans le pays et la ville où Pierre habitait. Elle fréquentait une école différente de celle de Pierre, mais ils avaient le même âge, c'est-à-dire bientôt dix ans.

Pierre tenta bien de lui expliquer qu'en effet, le pialeino, c'était lui. En fait, pas vraiment lui, mais il était bien l'élève de son père qui affirmait avoir eu sa première leçon de piano d'une baleine échouée, qui était en fait une espèce de piano de mer qui devait faire de la musique pour vivre.

— Un piano-baleine ? Un pialeino ? Ce n'est rien, ça. Moi, un jour, j'ai dompté un violioncelle d'Afrique, ce qui est très difficile et dangereux, car il faut s'asseoir sur son dos, lui serrer la tête avec les genoux sans se faire mordre et lui frotter les moustaches avec du bambou et des crins de zèbre. C'est tout de même le roi de l'orchestre de la jungle, tu savais ça, toi ? Et la koalarinette de Nouvelle-Zélande, tu crois que ça se laisse souffler dans le museau sans rouspéter ?
— J'avoue que..., esquissa Pierre, étonné.
— Mais le plus difficile, ç'a été le troupeau d'éléphanfares qui se faisaient pourchasser par des braconniers. Les pauvres, ils étaient sans défense avec leurs petites trompettes. Après trois semaines avec moi, ils sonnaient le rassemblement en parfaite harmonie pachydermique. C'était très impressionnant !

Pierre avait beau être tombé sous le charme de Clara, il ne pouvait s'empêcher de penser que, peut-être, elle exagérait un peu. Sa propre rencontre avec le pialeino, ce n'était quand même pas rien et, en plus, c'était vraiment arrivé. Les histoires de Clara..., il ne savait

pas trop quoi en penser. «Si, moi, j'ai vraiment passé une journée avec un pialeino et que personne ne me croit, peut-être qu'elle aussi elle a vécu tout ça. Après tout, elle vient d'un autre pays. Peut-être qu'elle aussi, personne ne l'écoute», se disait Pierre qui ne l'écoutait plus lui-même qu'à moitié.

— Et les hippopotambours, ajouta Clara, enfin.
— Les hippopotambours?
— Bien oui, il faut bien que quelqu'un batte la mesure!

Devant une telle logique, Pierre ne pouvait qu'acquiescer.
— Tu ne parles pas beaucoup, remarqua Clara à l'occasion d'une rare pause.

Les ombres s'allongeaient, le jour finissait. Pierre s'était attardé plus qu'il n'aurait dû.
— Il faut que je rentre. Mes parents vont s'inquiéter.
— Tu reviendras, mardi prochain? demanda Clara.
— Je ne sais pas. J'en ai un peu marre des leçons de piano.
— Ça paraît. Je t'ai entendu par la fenêtre. Mais si tu reviens, je te raconterai l'histoire du harpaon.
— Un harpon? Comme pour tuer les baleines?
— Pas *pon*, *paon*! Un harpaon, c'est un oiseau dont on joue en en pinçant les plumes.

Pierre se frappa le front de la paume.
— Évidemment! Suis-je bête! dit-il en riant nerveusement. Allez, j'y vais.

Pierre recula de quelques pas et faillit trébucher, ce qui fit rire Clara.
— OK, bye Clara..., dit Pierre qui tentait de retrouver sa dignité en marchant d'un pas décidé.

— Bye Pierre, répondit-elle.

Arrivé à la sortie du jardin, Pierre se retourna un instant. Clara avait recommencé à se balancer. Ses boucles rousses semblaient voler.

Couiii... Couiii... Couiii...

∽ 4 ∽
Do-la-sol-do-la-sol

Pierre pressait le pas, car il était en retard et craignait de se faire gronder en arrivant chez lui. Quand il tourna au coin de sa rue, tout essoufflé de sa course, il aperçut sa mère qui l'attendait sur le pas de la porte. Elle n'avait pas l'air content.
— Ah! te voilà, toi, entre immédiatement!
— Pardon m'man, c'est parce que j'ai rencontré...

Pierre passa vite devant sa mère pour déposer ses affaires sur la table de la cuisine.
— Alors, tu veux abandonner le piano? Le professeur Wieck nous a appelés pour nous demander des explications.
— C'est seulement que...

Son père entra à son tour dans la cuisine.
— Et tu lui racontes encore tes histoires de poisson à musique, de baleine, de sardino...
— C'est pas une baleine, papa, c'est un..., tenta d'expliquer Pierre.
— Cétacé! coupa son père, avec beaucoup d'à-propos.

— C'est un comble, reprit sa mère. Ton récital de fin d'année approche et non seulement tu n'es pas prêt, mais en plus tu insultes ton professeur, tu nous fais honte et tu traînes en route comme un petit voyou.

Pierre aurait bien voulu tenter de justifier son retard en racontant à ses parents les détails de sa rencontre avec Clara, mais il jugea que maintenant n'était peut-être pas le moment pour les entretenir de koalarinette et d'éléphanfares. Il ne savait vraiment plus quoi dire pour les apaiser.

Voyant bien que son fils était malheureux de ce qui arrivait, le papa de Pierre tenta de se montrer plus conciliant.
— Mon garçon, commença-t-il, ta mère et moi payons pour ces leçons de piano parce que nous croyons que ça te sera utile un jour. Je sais que c'est peut-être difficile, mais tu vas au moins te rendre jusqu'à ce récital. C'est d'accord?
— Mais c'est long, ça prend du temps! se plaignit Pierre. Avec le pialeino, c'était beaucoup plus...
— Je ne veux plus entendre ces sornettes, compris? Allez, au piano, maintenant! Et après, dodo!
— OK, OK, j'y vais..., se résigna Pierre, penaud. On ne soupe pas? tenta-t-il tout de même.
— On verra après le piano et les devoirs, répondit sa mère.
— Qu'est-ce qu'on mange?
— De la sole.
— Encore?
— Allez, jeune homme, au boulot, ordonna-t-elle.

Pierre se rendit au salon en traînant les pieds.
— De la sole, encore de la sole...

La vue du clavier lui donnait la nausée. Il s'assit tout de même sur le banc.

— De la sole, encore de la sole.

— On ne t'entend pas travailler, Pierre, allez! lui cria son père de l'autre bout de la maison.

Pierre effleura quelques touches en chantant les notes pour lui-même.

— De, la, sole, do, la, sol...

Il continua à jouer ces mêmes notes, do-la-sol-do-la-sol, mécaniquement, perdu dans ses pensées. « Qu'elle est jolie, Clara, tout de même! Mais ses histoires... Oh! la, la!...»

Puis, son regard s'attarda sur son cahier de musique, qu'il avait ouvert n'importe où. *Vo... Volksl... Volksliedchen* était le titre du morceau que Pierre réussit à lire. « Ça ressemble à ce que me criait M. Wieck, tout à l'heure. Ça doit sans doute vouloir dire "petit crétin" ou quelque chose comme ça », pensa-t-il.

Il en lut et en joua les premières mesures. C'était pas mal. Pas trop difficile.

Ça devenait soudain un peu plus animé. Pierre était assez avancé pour pouvoir déchiffrer tout en jouant, et il y prit vaguement plaisir.

Mais comme il lisait les notes, surtout vers la fin, avec ce thème très lent du début qui revenait, il ne pouvait s'empêcher de songer aux boucles rousses qui avaient dansé devant ses yeux tout à l'heure.

— Pour revoir Clara, il faudra bien que je continue mes leçons. Misère..., soupira-t-il.

∽ 5 ∽

Fiens !

Contre toute attente, Pierre fut de très bonne humeur pendant les jours qui suivirent.

Le matin, il prenait le temps de faire son lit en chantonnant, il pliait diligemment son pyjama et se brossait les dents avec beaucoup de vigueur. Le soir, il rinçait sa vaisselle après avoir mangé avec appétit ce qu'on avait mis dans son assiette, même si c'était de la sole ou des brocolis.

Pendant toute la semaine, Pierre marcha vers l'école ou vers la maison d'un pas si léger qu'on avait peine à voir ses pieds toucher le sol. En classe, cependant, plutôt que d'écouter l'institutrice, il dessinait dans son cahier, toute la journée : des balançoires, des éléphants qui jouaient de la trompette, un koala dont le museau avait des clés et une embouchure pour souffler dedans, toutes sortes de choses qui auraient semblé très étranges à quiconque aurait découvert ses œuvres.

Tant et si bien que, à force de rêvasser, de marcher dans les airs et de dessiner des bêtises toute la journée, le mardi suivant arriva: le jour de sa leçon de piano.

Alors qu'il marchait vers la maison du professeur Wieck, rempli de l'espoir de revoir Clara, Pierre commençait tout de même à redouter ce qui l'attendait, et il ralentit le pas.

Il faut dire que Pierre avait finalement assez peu travaillé son piano depuis la dernière leçon dont il avait dû sortir en courant. Il paniqua une brève seconde, puis se ravisa en se disant que tout allait bien se passer.

Devant la porte du jardin, il hésita tout de même un moment, le temps d'avaler sa salive.

Pierre ouvrit la petite porte de fer forgé qui fit un souiiiiin un peu lugubre. Rien à voir avec le couiii prometteur de la balançoire qu'il avait espéré toute la semaine. Il entra dans le jardin.
— Clara? Clara?
Pas un son.

Devant lui, au bout de la petite allée de cailloux blancs, se dressait la porte menaçante de la maison du professeur Wieck.

Pierre ne pouvait se résoudre à s'y rendre tout de suite. «Quel idiot! Je n'ai pas assez travaillé! Je ne me rappelle plus rien. Ça va être encore pire que la semaine dernière! Ah! la, la! Peut-être qu'il est encore fâché! Peut-être qu'il a un fusil? Un fusil allemand?!»

Pierre esquissa un demi-tour vers la grille du
jardin qui menait à la liberté, tout près.
— *Ach!* Te voilà! Tu es en retard!

Surpris, Pierre se retourna. Le professeur Wieck
avait ouvert la porte de la maison et en emplissait
toute l'embrasure.
— Fiens! ordonna le professeur, ce que Pierre
savait vouloir dire «Viens».

Pierre jeta un ultime coup d'œil du côté de
la grille du jardin, mais il était trop
tard. À ses oreilles parvint plutôt le
crissement résigné de ses propres
pas sur le gravier blanc qui
l'amenaient, malgré lui,
vers son triste destin.

Le garçon passa devant le
professeur. La porte se referma
sourdement derrière lui.

∽ 6 ∽

Zdimulazion

Au grand étonnement de Pierre, le professeur Wieck ne paraissait pas du tout fâché. Il avait même l'air assez content.
— Ouf! dit le garçon, tout bas.

Pour ne pas rompre le charme, Pierre se rendit vite au piano, déposa prestement son cahier devant lui et l'ouvrit à la page de la pièce qu'il travaillait depuis si longtemps.
— Tu veux des *Plätzchen*?

Le professeur posa gentiment une assiette de petits gâteaux sur le dessus du piano. Pierre en fut très surpris.
— Euh, non merci, professeur, c'est très gentil. Je... je n'ai pas tellement faim, je dois dire.
— *Ein* verre de lait, alors?

Pierre accepta par politesse le verre que lui tendait le professeur et il en prit une petite gorgée. Le lait était tiède et il goûtait le fromage de chèvre, mais au moins le liquide lui lubrifia un peu la gorge qu'il sentait peu à peu se nouer.

Comme il buvait son lait, Pierre vit la main du professeur passer au-dessus de sa tête et fermer doucement le cahier que le garçon avait ouvert sur le lutrin de l'instrument.
— Non, non, non. Pas ça. Pas aujourd'hui, fit calmement le professeur, toujours debout derrière son élève.

Le professeur retira le cahier de Pierre et en posa un autre, très épais, tout écorné et jauni, à sa place.

— Tu sais, Pierre, quand un élève s'ennuie, c'est qu'il a besoin de… de… Comment dit-on en français…

— De gâteaux? suggéra prudemment Pierre.

— *Stimulierung!* La «zdimulazion»!

— La quoi?

Le sourire du professeur commençait à se crisper, mais Pierre ne s'en rendit pas compte tout de suite.

— *Natürlich*, la «zdimulazion»! La motivation! *Ein* défi!

— Ahhh! La *sti*mulation, Pierre crut-il alors opportun de corriger.

Ce qui n'arrangea rien. Le sourire du professeur Wieck disparut complètement et ses gestes devinrent tout à coup beaucoup plus vifs qu'ils ne l'avaient été jusque-là.

Il ouvrit le vieux cahier jauni à la première page, en prenant soin de bien l'aplatir de sa longue main sur le lutrin.

— Allez! Joue!

Pierre réalisa soudain qu'il avait largement surestimé la bonne humeur du professeur Wieck et il regrettait maintenant de ne pas s'être enfui alors qu'il en était encore temps.

Les deux portées devant ses yeux étaient en clé de fa, ce que Pierre n'avait encore jamais rencontré. Pas les deux en même temps.

Son cerveau fit quelques tours à vide, puis envoya éventuellement le message: «la-si-la-si-do-si-do-si-la-si-do-mi…», que les deux mains devaient jouer ensemble en doubles croches à l'octave, tout en bas du clavier. Ses doigts se mirent à obéir.

Ça allait vite. Ça s'agitait. On aurait dit des chevaux qui galopaient dans la boue pour fuir une tempête.

Le tonnerre grondait. Pour les éclairs, c'est le professeur Wieck qui s'en chargeait en lançant des ordres, debout derrière Pierre qui faisait tout ce qu'il pouvait pour déchiffrer toutes ces notes aussi vite que ses yeux pouvaient les lire et ses doigts les jouer.

— Staccato! Détaché! *Schnell!* En mesure! Comme ça! *Nein!* Encore!

Il y eut éventuellement une éclaircie, mais ça allait toujours aussi vite. C'est le vent qui s'en mêlait maintenant.

— Lié! Ar-*di*-cu-la-*zion*!

Par endroits, le professeur jouait lui-même la main droite, comme pour fouetter l'équipage.

Puis, c'était encore la boue et le tonnerre. Pierre lisait maintenant les notes au-delà de celles qu'il était en train de jouer, pour être prêt lorsqu'elles arriveraient. Et elles arrivaient, elles ne cessaient de venir à lui, comme une tornade.

Au bout d'un moment, tout s'arrêta. On n'entendait plus que le souffle des chevaux, épuisés.
— Bon. C'est bien, dit le professeur qui semblait, lui aussi, un peu essoufflé. À la semaine prochaine. N'oublie pas que le concert approche.

Encore sonné par l'expérience qu'il venait de vivre, Pierre reprit son cahier en silence. Le professeur l'accompagna jusqu'à la porte. Il posa la main gentiment sur la tête de son élève.
— Le talent, c'est bien, mais ça ne remplace pas le travail. Allez, *Auf Wiedersehen.*

Plic. Ploc. Ploc.

Pierre entendit la porte se refermer derrière lui. Dehors, tout était silence. Ou presque. Une fine pluie tombait. Plic. Ploc. Ploc.

Les cailloux étaient tout mouillés, l'herbe aussi. Les petites fleurs blanches serraient sur elles leurs pétales, comme un manteau qu'on boutonne quand on a froid.

Pierre fit quelques pas dans l'allée qui traversait le jardin. Les gouttes qui tombaient sur lui ne le dérangeaient pas. Elles glissaient sur ses joues comme des larmes, ce qui l'arrangeait, parce qu'il ne voulait pas pleurer.

Pourtant, il était triste.
Triste. Confus. Fatigué.

Il n'était pas pressé de retourner à la maison. Il espérait encore voir Clara. Un peu. Il se rendit près du grand saule, là où se trouvait la balançoire, vide.

Il y avait de la boue à l'endroit où Pierre avait vu les souliers bleus de la petite fille frôler le sol. «Ça valait bien la peine de se donner tout ce mal», pensait Pierre.

Il s'assit du bout des fesses sur la balançoire. Elle fit *souiiin* comme la porte du jardin tout à l'heure. Il se rappelait les paroles de Clara: «... si tu reviens, je te raconterai l'histoire du harpaon».
— La belle affaire. Alors que j'aurais pu simplement retourner à la maison et regarder la télévision au sec, au lieu de me faire torturer par le professeur, et...

Pierre ne continua pas...

La pluie qui tombait, la boue sous ses pieds lui rappelaient tout d'un coup ce qu'il venait de jouer pour le professeur. Ses oreilles en vibraient encore. Ses doigts aussi. «Tout de même, se dit-il, je ne me suis pas mal débrouillé. Toutes ces notes! Et ça allait vite! Qu'est-ce qu'elle dirait de ça?...»

— Pierre?

Une voix l'appelait. Pierre se retourna.

— Pierre?

Ça venait du côté de la maison. Il s'avança dans la direction de la voix.

— Ici, à la fenêtre, l'encourageait-on.

Le garçon dû franchir quelques buissons qui longeaient la maison du professeur, mais il fut bientôt tout près de la fenêtre d'où provenait cette voix, qu'il identifiait maintenant.

À travers la moustiquaire, Pierre reconnut les boucles rousses et les yeux mauves de Clara, malgré le contre-jour.

— C'est toi? demanda-t-il.

— C'est moi, répondit-elle.

∾ 8 ∾

Hier Papa!

Clara et Pierre se regardèrent quelques secondes silencieusement. Ils étaient tous deux très contents de se revoir, mais ils ne savaient pas trop, l'un comme l'autre, quoi dire dans ces circonstances.

— Tu ne peux pas venir jouer dehors? commença Pierre.

— Non, je ne peux pas.
— C'est ton père qui ne veut pas?
— Non, c'est un peu plus compliqué. Je suis un peu malade.
— Un peu? C'est grave?
— Non, non. Non, non.

Clara préféra changer de sujet, mais Pierre parla en même temps.
— C'est toute une leçon de piano que tu viens d'a...! dit-elle.
— J'ai pensé à toi cette semai..., dit Pierre.

Il y eut un petit silence gêné.
— Moi aussi, j'espérais que tu reviennes, dit Clara.
— Et le tamb-ours, je veux dire le harpon, le truc...
— Le harpaon...
— Oui, tu m'avais dit que tu me raconterais l'histoire.
— Une autre fois, veux-tu?

Pierre, qui avait connu Clara si bavarde lors de leur première rencontre, la trouvait bien secrète et mystérieuse maintenant.
— C'est bien, ce que tu as joué tout à l'heure. J'ai tout entendu.
— C'est vrai? Il m'a fait un peu peur, ton père, aujourd'hui, j'avoue. Mais j'ai quand même été étonné.
— Étonné de quoi?
— Bien, je n'avais jamais joué cette partition. C'était difficile, mais je n'ai pas mal réussi, je pense. Penses-tu?
— Il ne te le dira jamais, mais je crois que tu es son meilleur élève. Il t'aime beaucoup!

Pierre n'en croyait pas ses oreilles. Clara avait décidément beaucoup d'imagination.
— Ça fait longtemps que tu travailles la même pièce, non?
— En effet, j'en peux plus de jouer ninaninaninanan...

— Moi, celle que je préfère dans ce cahier, c'est la numéro trente. Elle n'a pas un vrai titre, je crois, mais c'est écrit *Sehr langsam* au début. Ça veut dire «très lentement». Et moi, ça me plaît, très lentement.

La voix du professeur leur parvint du fond de la maison.
— *Clara? Wo bist du?*
— Il faut que tu partes. On se revoit la semaine prochaine. Bye! dit Clara, en refermant vite la fenêtre.

Pierre, qui s'était déjà éloigné, ne l'entendit qu'à peine à travers la fenêtre close.
— *Hier Papa!* (ICI, PAPA!)

∽ 9 ∽

Trente

Pierre retourna chez lui d'un pas résolu. Il pleuvait, il ventait aussi, mais qu'importe, il avait un plan. Et autre chose aussi. Une espèce de fièvre, qu'il n'aurait pas su nommer, mais qui l'habitait maintenant.

C'est en courant qu'il franchit enfin le pas de la porte de sa maison, où sa mère l'attendait, comme chaque fois qu'il rentrait un peu tard de sa leçon de piano.
— Attention au plancher! Tu es tout détrempé! Où étais-tu encore?
— ... 'jour m'man. Pas le temps, il faut que je travaille..., lui lança Pierre, en se dirigeant directement vers le piano sans se dévêtir.

Il sortit son cahier de son cartable et en farfouilla précipitamment les pages jusqu'à ce qu'il trouve ce qu'il cherchait.

— Trente! *Sehr langsam*. Voilà!

Et il se mit à en lire les premières notes.

Sa mère vint le trouver, alarmée par l'étrange attitude de son fils.

— Ça va, mon garçon? Ç'a bien été avec le profess...

Pierre se détourna à peine.

— Oui, oui, très bien. ... nouvelle pièce, ajouta-t-il du bout des lèvres tout en déchiffrant les notes inconnues qu'il lisait, lentement, méthodiquement.

— Bon... Le souper sera prêt dans une heure, mon chéri, dit-elle en quittant la pièce sur la pointe des pieds.

La semaine se poursuivit à la même allure. Pierre ne quittait le clavier que pour manger, dormir, et il fallait bien aller à l'école. Mais ça ne l'empêchait pas de continuer à travailler sa nouvelle pièce.

Il emportait sa partition en classe et il jouait silencieusement sur son pupitre. Dans sa tête, il entendait les notes, il pouvait même savoir quand il faisait une erreur.

Très tard, le lundi soir suivant, le papa de Pierre trouva son fils à moitié endormi au clavier du piano. Il avait encore travaillé sans relâche toute la soirée.

Le père prit son garçon dans ses bras et alla doucement le déposer dans son lit.

— Bonne nuit, mon bonhomme, lui chuchota son père en le couvrant.

— *Langsam*, marmonna Pierre, rempli de sommeil.

∽ 10 ∾
Dans ta chambre !

Le lendemain, après l'école, c'est en courant que Pierre se rendit à sa leçon. Il avait beaucoup travaillé toute la semaine et avait très hâte de montrer au professeur ce qu'il savait faire.

Sans même freiner son élan, Pierre sauta par-dessus la grille du jardin, continua sa course jusqu'à la porte et appuya une dizaine de fois sur la sonnette en sautillant sur place, jusqu'à ce que le professeur vint enfin ouvrir.
— *Ich komme, ich komme!* (J'ARRIVE, J'ARRIVE !)
Le professeur n'avait pas l'air content qu'on s'acharne comme ça sur sa sonnette.
— Bonjour !

Le professeur n'avait pas encore refermé la porte que Pierre était déjà assis au piano, son cahier ouvert à la page de la pièce numéro trente.
— Tu es bien pressé, et tu es tout rouge. Tu es malade ?
— Non, non... Venez, venez, je veux vous jouer ma nouvelle pièce !

Le professeur Wieck bondit.
— Qu'est-ce que tu racontes, nouvelle pièce ?... Ton concert est dans deux jours ! Tu veux me dire que tu n'as pas travaillé ?
— Mais oui, j'ai travaillé, mais pas mon morceau ennuyant, j'ai trouvé quelque chose de beaucoup mieux !

Pierre voulut en jouer les premières notes, mais le professeur lui referma aussitôt le cahier au nez.
— Je pensais qu'on s'était compris. C'est insensé, tu n'écoutes rien de ce qu'on te dit ! Mais de quoi tu vas avoir l'air au concert si...

— Mais non! C'est vous qui ne comprenez pas! s'offusqua Pierre.
— *Wie bitte?* Tu oses me contredire? Sors d'ici tout de suite. Je préviens tes parents que je ne veux plus de toi comme élève!

Pierre prit ses affaires et sortit en claquant la porte. Étourdi de colère, il traversa le jardin en courant.
— Pierre! Pierre!
Le garçon feignit de ne pas entendre Clara qui l'appelait à la fenêtre. Il ne voulait pas qu'elle vît les larmes qui coulaient sur ses joues. Il continua sa course sans s'arrêter, jusque chez lui.

À la maison, ses parents l'attendaient de pied ferme.
— Tu sais qui vient de nous appeler? demanda sa mère.
— Non, mais je m'en doute, répondit Pierre.
— Effronté! On ne répond pas comme ça à sa mère, déclara son père.
— Qu'est-ce qui te prend tout à coup? On ne te reconnaît plus! fit sa mère.
— Il ne me prend rien du tout! J'ai bien travaillé toute la semaine, je fais tout ce que vous me demandez, j'arrive à ma leçon, et lui, et lui...

Pierre ne put finir. L'injustice de la situation, ses parents qui se dressaient devant lui, la colère du professeur, Clara...
— Nous avons réussi à calmer M. Wieck pour le moment. Il te reste deux jours pour travailler ta pièce et c'est ce que tu joueras au concert, un point, final! Compris?
— Allez! Réponds à ta mère!
— Mais c'est toi qui viens de me dire de ne pas lui répondre!

Devant cette nouvelle impertinence de son fils, le papa de Pierre prit une seconde pour reprendre ses esprits, puis ordonna:
— Dans ta chambre!

∽ 11 ∽

La crise

Seule dans sa chambre, Clara dessinait lorsque son père vint cogner doucement à sa porte.
— *Schätzchen?* (PETIT TRÉSOR?)
— *Komm rein, Papa.* (ENTRE, PAPA.)
— Tu dessines?

Elle tourna son cahier vers lui.
— C'est une autre «Aventure de Clara».

Son père vint s'asseoir à ses côtés.
Sur la page, la petite fille s'appliquait à colorier une espèce de gorille avec un crayon jaune.
— Et ça, qu'est-ce que c'est? demanda le professeur. Il a la queue comme une clé de sol!

— C'est un clavesinge, papa. Cette semaine, Clara est dans la jungle d'Amazonie pour sauver le clavesinge d'une bande de méchants perroquets qui ne le laissent pas répéter tranquille.

— Mais je pensais que les perroquets, ça répétait tout le temps, justement...

— Je sais! Je sais! Mais ici, regarde, c'est une flûte à bec de toucan, tu vois? Avec plein de couleurs... Oups! Oh! non. J'ai oublié une rayure, tu veux me passer le crayon orange, près de toi?

Il trouva le crayon et le remit à Clara qui s'empressa de colorier le bec de l'étrange oiseau. Elle toussa un peu.

— Ça va, mon cœur? Tu as pris tes médicaments?

— Pas besoin, j'ai ma pompe.

Clara sortit sa petite pompe en plastique d'une poche de sa robe.

— Je vais très bien, ne t'en fais pas.

— Tu dis ça, mais, l'autre jour, tu as joué beaucoup trop longtemps sur la balançoire et quand tu es rentrée, tu as fait une crise.

— Mais non, ce n'était pas une crise d'asthme. C'est juste que je m'étais balancée très fort et, ensuite, j'étais excitée et j'ai tellement parlé vite que j'ai un peu oublié de respirer.

— Avec Pierre?

— Bien oui. Après sa leçon...

— Tu sais que je n'aime pas que tu joues trop fort comme ça. Tu es malade.

— Je ne suis pas malade, j'ai une maladie. D'ailleurs, l'asthme, ce n'est même pas une vraie maladie.

— Peut-être, mais tu sais que tu as les poumons de ta maman...

— Papa, qu'est-ce que tu racontes? Tu sauras que j'ai mes propres poumons!

Son père effleura du bout des doigts la photo que Clara gardait sur sa table de chevet. C'était dans un parc, à Leipzig, en Allemagne. On

les y voyait tous les trois : M. Wieck, très grand et tout souriant, la maman, une belle rousse toute bouclée qui souriait aussi, avec son bébé dans les bras.

— Tu sais bien ce que je veux dire, répondit-il en lui caressant les cheveux.

Elle continua de dessiner en silence. Partout, autour d'elle, étaient étalés des dizaines de ces cahiers qu'elle remplissait sans cesse des «Aventures de Clara». Sur les murs, des photos de ses acteurs de cinéma et de ses chanteurs préférés, puis une autre image, plus petite, du compositeur Robert Schumann.

— La leçon de Pierre n'a pas duré longtemps aujourd'hui, on dirait.

— Ne me parle pas de ce garnement. Il n'avait pas travaillé la pièce que je lui avais demandée, il voulait en jouer une nouvelle, à deux jours du concert ! Il ne sera pas prêt. Il aura l'air fou, et moi aussi.

— Qu'est-ce que c'était, le morceau qu'il voulait jouer ?

— Tu sais. La trente, dans le cahier de Schumann.

— La musique de maman ?

— Oui, comme tu dis, c'était son petit morceau préféré...

Le professeur devint songeur. Mais il se ravisa rapidement.

— Mais il n'a pas la maturité pour ça, c'est ridicule...

Devant l'humeur de son père, Clara préféra changer de sujet.

— Papa, je pourrais aller à la vraie école ?

— Ah ! non ! Pas toi aussi ! Ces enfants, quels capricieux ! Non, les écoles, c'est rempli de microbes et de gamins qui se bousculent. Tu as des maîtres très gentils qui viennent ici pour t'enseigner et moi pour les leçons de piano. Et c'est beaucoup mieux ainsi, tu le sais très bien.

Clara se leva d'un coup sec et jeta son crayon par terre.

— Tu es injuste ! Je n'ai pas d'amis de mon âge !

Elle se mit à tousser très fort, puis sembla s'étouffer. Son père s'affola.

— Clara! Clara! Ta pompe! Vite, prends ta pompe!

La pompe à médicaments enfin dans sa bouche, Clara cliqua une fois, puis deux en inspirant le plus fort qu'elle le pouvait.

La crise était passée.

— Tu vois, ma chérie. Tu vois comme j'ai raison?

∾ 12 ∾

Nocturne

Le même soir, Pierre était encore trop contrarié pour s'endormir. «C'est trop bête. C'est trop injuste. Je la sais, cette pièce. Je peux la jouer. Je veux la jouer...»

Il ne cessait de se retourner dans son lit. La nuit était chaude, il était tout en sueur dans son pyjama. Il se leva pour aller ouvrir la fenêtre.

La brise tiède qui entra dans la chambre lui fit du bien. La lune brillait.

Pierre regardait les voitures stationnées, comme endormies le long de la rue silencieuse. La rue qui menait à l'autre rue, qui menait à l'école, qui menait...

Pierre calcula que ses parents devaient eux-mêmes être endormis depuis longtemps. Il enfila un pantalon et un coupe-vent par-dessus son pyjama, chaussa ses baskets sans chaussettes et entrouvrit très doucement la porte de sa chambre pour écouter.

Seul le ronronnement du réfrigérateur parvint à ses oreilles.
— Bon. J'y vais.

À pas de loup, il passa devant la porte de la chambre de ses parents pour se rendre jusqu'à l'escalier. Pierre amorça la descente, puis évita savamment la quatrième marche qui craquait tout le temps.

Une minute plus tard, il était dehors. C'était une drôle de sensation. À la fois excité et un peu surpris de sa témérité, il préféra ne pas trop réfléchir et s'éloigna vite de la maison.

Une quinzaine de minutes plus tard, son cœur battait fort quand il arriva devant la grille du jardin du professeur Wieck. «Ce serait bête de reculer maintenant», se dit-il en sautant par-dessus la clôture.

Il évita le petit chemin de gravier pour ne pas se faire repérer et se fraya un chemin entre les arbustes jusque sous la fenêtre de Clara.

Pierre gratta d'un ongle à la moustiquaire de la fenêtre ouverte.
— Clara! Clara! Psst!

Clara ne dormait pas, également contrariée par les événements de la soirée. La lune était si claire qu'elle reconnut Pierre tout de suite.
— Pierre? C'est toi? Qu'est-ce que tu fais là?

Pierre constata qu'entre le moment où il était sorti de son lit et maintenant, il n'avait pas pris le temps d'envisager qu'il aurait à répondre à cette question.

— Euh...

— Ne reste pas là, chuchota Clara. Va à la balançoire, je te rejoins.

Pierre se rendit à la balançoire, à l'ombre du grand saule. Ne sachant quelle posture adopter pour attendre, il opta pour le siège de la balançoire qui fit couiii..., évidemment.

— Chhhhut! fit Clara qui arrivait alors, en robe de chambre.

— Bonjour, fit timidement Pierre.

— Bonne nuit, tu veux dire. Il est une heure du matin!

Pierre fut rassuré par le sourire qu'il aperçut parmi les ombres de feuillage que la lune projetait sur le visage de Clara.

— Bien, je suis parti un peu vite tout à l'heure, et je croyais que tu m'avais appelé, alors...

— Alors, tu es venu...

— Oui, c'est un peu ça.

Voyant l'embarras de son visiteur nocturne, Clara voulut le rassurer.

— C'est vrai que tu as travaillé la pièce dont je t'ai parlé l'autre jour?

— Bien, oui...

— Tu sais que ma mère aimait beaucoup ce morceau aussi?

— Bien, non...

— Alors tu l'as appris pour moi?

— Bien... Bien oui.

Clara lui prit la main.

— C'est vraiment très, très gentil.

— Mais pour le concert aussi. C'est vraiment beau. C'est... je ne sais pas comment dire...

Une voiture qui tournait le coin de la rue rapidement les fit sursauter. La respiration de Clara semblait devenir difficile. Elle toussa.
— Ça va ?

Clara sortit sa pompe de plastique de sa robe de chambre et en prit deux grandes respirations.
— Ah ! Tu fais de l'asthme, toi aussi ? constata Pierre.
— Tu connais ça ? Tu as ça, toi aussi ?
— Bien oui, y'en a plein d'autres à l'école. Mais moi, je n'ai presque jamais besoin de pompe.
— Ça alors...

Une lumière apparut à une fenêtre de la maison.
— C'est mon père ! Rentre vite !
— OK, mais...
— Il ne faut pas que tu joues la nouvelle pièce au concert, Pierre. Promis ? Mon père serait trop fâché...
— Et toi, tu viendras au concert ?
— Je voudrais bien, mais mon père ne voudra pas, et il serait fâché que je lui désobéisse.
— Il est toujours fâché comme ça, ton père ? Alors c'est bon, ne viens pas, je te la jouerai peut-être une autre fois.
— Merci, je file.

Elle déposa un baiser sur la joue du garçon et s'enfuit.
Pierre retourna chez lui, porté par la lune.
Dans son lit, il s'endormit, la main sur la joue.

Par cœur

Le lendemain, Pierre se leva très tôt pour travailler son piano avant d'aller à l'école. Ses parents en furent bien étonnés, mais pas autant que s'ils avaient su que leur fils avait en plus passé une partie de la nuit en escapade dans le voisinage.

Le jeune garçon était très concentré devant son instrument, comme rentré en lui-même. Tête baissée, ses cheveux frôlant le clavier, ses doigts détachaient méticuleusement chaque note, comme pour les examiner une à une au microscope. Il n'avait pas faim, il ne parlait à personne, il était tout à son piano. Ce fut le même manège jusqu'au lendemain, jour du concert.

En fin d'après-midi, lorsque l'heure fut venue d'aller rejoindre leur fils à l'auditorium municipal, les parents de Pierre en étaient à se demander s'ils n'avaient pas été un peu trop sévères avec lui.
— Tu ne trouves pas que Pierre était bien silencieux ce matin? demanda la maman en entrant dans la voiture.
— Tu crois? C'est vrai qu'il était un peu morose ces derniers jours. Tu penses qu'on a trop insisté pour le piano? demanda le papa.
— Il sait pourtant qu'on l'aime et qu'on fait ça pour lui, non?
— C'est vrai qu'il a quand même bien travaillé. Écoute, si c'est la catastrophe au concert, on avisera.
— La catastrophe? Bravo la confiance!
— Ce n'est pas ce que je veux dire, tu sais bien. On n'en fera peut-être pas un pianiste professionnel, mais s'il s'en tire sans trop de mal, on lui donnera le choix de continuer ou d'arrêter.

Pendant ce temps, Pierre s'était rendu tout seul à l'auditorium après l'école. Il poussa la lourde porte qui fit soiiiiin... et se trouva tout à coup devant la salle immense où déjà plusieurs spectateurs commençaient à se presser. Au bout, il y avait la scène avec, dessus, le piano... et M. Wieck, entouré d'élèves, grands et petits.

Le professeur leva les yeux.
— *Ach*, te voilà! Tu es prêt?

Tous les élèves se tournèrent vers Pierre, comme s'il était attendu. Pierre ne se laissa pas démonter. Il avait son cahier de musique à la main et l'agita en direction du professeur.
— Ben oui, vous voyez? répondit-il en franchissant les dernières marches qui menaient à la scène.

M. Wieck se sépara du groupe d'élèves et fit signe à Pierre de le suivre en coulisses.
— Bon, écoute. C'est un concert important. Tu n'as pas mal travaillé et tout devrait bien aller. Compris?
— Ben oui. Compris, répondit Pierre, qui trouvait son professeur tout à coup bien nerveux.

M. Wieck lui tendit une feuille.
— Tiens, donne-moi ton cahier. Pour plus de sûreté, je t'ai fait une photocopie de ta pièce, tu n'auras pas à craindre que ce gros cahier se referme alors que tu joues.
— Mais il ne se refermera pas! Je la joue depuis tellement longtemps, cette pièce, le cahier s'ouvre toujours tout seul à la bonne place! protesta Pierre, incrédule.
— Disons que c'est au cas où il s'ouvre soudainement à la mauvaise page. C'est plus sûr. *Ja?*
— *Ja...* répondit Pierre, le premier mot d'allemand qu'il prononçait, résigné.

Le concert commença enfin.
La salle grouillait de parents et
d'amis, de petites sœurs et de petits
frères, tous venus pour encourager
un ou une des élèves qui se
produisaient ce soir.

Il y eut d'abord les tout petits.
Certains avaient peine à s'asseoir
sur le banc de piano, si haut. Ils
jouèrent tous leur petit morceau.
Une petite fille, qui ne devait avoir
que cinq ans, se trompa à plusieurs
reprises et se mit à pleurer au beau
milieu de sa performance. Les
applaudissements de la salle n'en
furent que plus nourris, et on
escorta la petite pianiste,
inconsolable, en coulisses. Un autre
petit bonhomme, aux cheveux en
brosse, se trompa tout autant, mais
se rendit courageusement jusqu'au
bout et fit un grand salut, comme
s'il venait de gagner un concours.
Les spectateurs en furent très
amusés.

Vinrent ensuite les élèves plus
avancés, puis ce fut bientôt
le tour de Pierre.

Il se sentit paralysé.

Grâce au professeur Wieck qui lui donna une petite poussée dans la bonne direction, Pierre put franchir sous les applaudissements un peu de la distance qui séparait les coulisses du piano qui trônait au milieu de la scène. Mais alors qu'il avançait, il lui sembla que le piano s'éloignait de plus en plus et qu'un lourd silence faisait maintenant résonner chacun de ses pas sur les planches. Touchant enfin au but, Pierre fit geindre le banc de piano en tentant de trouver une position confortable, et vit la feuille que le professeur lui avait donnée trembloter dans sa main alors qu'il la posait sur le lutrin.

Ces secondes qui s'écoulaient lui parurent durer des heures.

Pierre ne reconnaissait pas l'instrument qu'il avait devant les yeux. Toutes ces notes, ces touches, noires, blanches, à quoi pouvaient-elles bien servir? Et tout ce monde, ces gens, dont il pouvait percevoir chaque bruissement de manteau, de chaise qui grince, leur souffle, en attente de ce qui allait se passer...

Couiiiiiiii!

Voilà même qu'un retardataire ouvrait la porte de l'auditorium. Tous se tournèrent pour voir qui dérangeait ainsi le spectacle.

D'où il était, Pierre reconnut facilement les boucles rousses de Clara, qui tentait de se frayer un chemin entre les manteaux et les pieds des spectateurs jusqu'à une place libre.

Au-dessus des chuchotements désapprobateurs, on entendit soudain les premières notes, douces, solennelles, du piano qui jouait une pièce de Schumann. Un morceau qui n'avait pas de titre, qui n'avait qu'un numéro, trente, que Pierre jouait, très lentement, comme indiqué, *sehr langsam*.

Pierre n'avait pas besoin de partition. Il jouait cette musique-là par cœur. Et ce qu'il jouait était beau.

Il est très difficile d'expliquer ce qui fait qu'une musique est belle. Est-ce parce qu'elle évoque en nous des souvenirs agréables ou émouvants, ou au contraire parce qu'elle nous affecte d'une émotion nouvelle? Et, dans un cas comme dans l'autre, est-ce que ce sont les notes, seules, qui produisent cet effet, ou la façon dont elles sont jouées?

Personne dans la salle ne se posait de telles questions en écoutant Pierre jouer. Pourtant, chacun était touché par ce qu'il entendait.

La maman de Pierre était émue. Elle recevait la musique qu'elle entendait comme un cadeau que son fils lui faisait. La musique dont elle était baignée lui disait «Je t'aime, maman». Elle était fière aussi de voir son petit sur cette scène, tout seul et déjà si grand.

Elle serra la main du papa de Pierre, assis à côté d'elle, qui calculait tranquillement dans sa tête le prix des futures leçons de piano que son fils ne manquerait pas de réclamer, après ce concert.

Dans les coulisses, M. Wieck aussi était touché par ce qu'il entendait. Lui n'entendait pas «Je t'aime, maman», c'étaient plutôt des images qui venaient à son esprit. Des images d'Allemagne, de sa vie avec la maman de Clara, comme sur la photo dans la chambre. Du regard, il embrassa sa fille adorée, qu'il pouvait apercevoir assise au fond de la salle.

De l'autre côté des coulisses, la petite fille, qui s'était mise à pleurer tout à l'heure, écoutait aussi la musique, en tortillant d'un doigt un ruban de sa jolie robe. Elle pensait à un petit lapin. Parce qu'elle aimait beaucoup les lapins.

Si, par magie, on avait pu voir projetées sur un nuage au-dessus de leur tête les pensées de chacun des spectateurs qui écoutaient cette musique de Schumann, on aurait vu autant de souvenirs, de couleurs, d'histoires qu'il y avait de personnes présentes. Et pourtant, on n'aurait encore rien vu, puisque les émotions que provoque la musique, la beauté sont souvent invisibles. Mais on les ressent tout de même.

Dans son fauteuil au fond de la salle, Clara aussi écoutait, heureuse.

Pierre était le seul à ne penser à rien. Tout à sa musique, il jouait, de tout son cœur, les notes, et les soupirs autour.

La main gauche de Pierre toucha doucement le dernier « la », puis le laissa enfin, à regret.

Il y eut un long silence, comme si tous ceux qui étaient présents s'agrippaient encore aux dernières ondes de cette ultime note.

Puis, comme le grondement d'une vague immense, Pierre sentit les applaudissements de toute la salle déferler vers la scène. Lui au milieu.

∾ 14 ∾
Mélodie

Quelques semaines plus tard, Clara et Pierre marchaient ensemble vers la maison du professeur, en revenant de l'école.

M. Wieck avait finalement accepté que sa fille fréquente la « vraie » école, ce qui rendait Clara très heureuse. Ses crises d'asthme se faisaient beaucoup plus rares, mais son père demeurait tout de même inquiet pour sa santé.

Lorsqu'ils arrivèrent à la grille du jardin, ils aperçurent le professeur qui les attendait sur le perron de la maison.
— *Guten Tag, Kinder!* (BONJOUR, LES ENFANTS!)
— *Guten Tag, Papa!*
— *Guten Tag, Herr Lehrer!* (BONJOUR, M. LE PROFESSEUR!)

Depuis que Clara et lui allaient à la même école, Pierre faisait de grands progrès en allemand.

— Ne jouez pas trop longtemps dehors, le fond de l'air est frais. Venez plutôt faire du quatre mains!

Les enfants se dirigèrent tout de même vers leur jeu favori, la balançoire, sous le grand saule.

Clara laissa vite tomber ses affaires et prit place sur le siège.
— Allez! Pousse-moi, le plus fort que tu peux!

Pierre déposa aussi ses cahiers et lui donna une grande poussée. Comme elle allait et venait, Clara se mit à raconter une autre de ses aventures.
— Tu sais quoi? La semaine dernière, j'ai rencontré le pialeino! Je te jure, c'était comme une baleine, mais avec des dents blanches et noires, comme un clavier de piano!

Pierre était stupéfait.
— Oui, oui! Une grosse baleine, avec des notes à la place des dents!

Pierre n'osait toujours rien dire.
— Alors quoi, tu ne pousses plus?
— Oui, bien sûr. Tiens...
Il lui donna une petite poussée, mais resta muet.
— Allez, plus fort!

Pierre immobilisa la balançoire et se planta devant Clara, qui posa ses petites chaussures bleues sur le gravier.
— Tu ne pousses plus?
— C'est vrai, ce que tu racontes? Toi aussi, tu as vu le pialeino?

Clara fut surprise du ton si sérieux dans la voix de Pierre. Le regard du garçon semblait également rempli d'appréhension.

Clara ne put se retenir plus longtemps et pouffa de rire.
— Mais non! Je blague! Le pialeino, les clavesinges, les violioncelles, c'est pour rire, tu sais bien! J'ai plein de cahiers remplis de dessins, je te montrerai.

Pierre demeurait tout aussi sérieux. Il s'approcha tout près de Clara.
— Écoute, il faut que je te dise quelque chose de très important...

Ils se regardaient maintenant droit dans les yeux.
— *Kinder!* Pierre! C'est l'heure de la leçon! «Fiens» maintenant!
— C'est ton père, il faut que j'y aille.

Mais quoi, le pialeino? Qu'est-ce que tu voulais me dire?

Pierre réfléchit une seconde. Il vit les yeux mauves de Clara, ses boucles rousses...
— Non, rien. C'est des blagues. Allons plutôt faire du piano à quatre mains. Ton père nous attend!

Pierre prit la main de Clara et l'entraîna en courant vers la maison.

Fin

∾ Les artisans de Pierre et Clara ∾

© Jean-François Garneau

Pascale Montpetit est une comédienne formidable qui joue au théâtre, à la télévision et au cinéma; mais pour la cuisine, franchement, c'est zéro. Heureusement, son mari, **Mathieu Boutin** – qui est aussi l'auteur de ce conte et d'autres publications pour enfants – sait faire à manger. En revanche, Pascale fait beaucoup rire Mathieu. Leur chien Cyrano, qui n'était pas libre le jour où la photo a été prise, nous confirme que ce partage des tâches fait l'affaire de tous. D'ailleurs, c'est lui qui fait la vaisselle. *Pierre et Clara*, c'est une histoire d'amour que Mathieu a écrite pour la femme de sa vie. En retour, Pascale a réuni des amis comédiens pour donner vie aux personnages de son époux. C'est beau l'amour, tout de même.

Denise Trudel a toujours soutenu une activité scénique régulière, variée et de grande qualité, privilégiant la musique de chambre et le solo. Son jeu puissant, sensible et imagé sait émouvoir des publics de tous âges. Professeure au Conservatoire de musique du Québec à Trois-Rivières depuis plus de vingt-cinq ans, elle a développé une grande expertise du matériel pianistique et pédagogique et a su concevoir des méthodes d'apprentissage généreuses et inventives. Après avoir produit deux disques originaux, *Scènes d'enfance* et *Scènes de forêts*, à partir des œuvres de Schumann, elle crée aujourd'hui ce nouveau concept de conte musical construit sur des œuvres de grands compositeurs écrites pour de jeunes pianistes en herbe.

Paule Trudel Bellemare est originaire de Trois-Rivières. Diplômée en dessin d'animation au Cégep du Vieux-Montréal en 2005, elle poursuit présentement des études en illustration au Fashion Institute of Technology, à New York. Elle est représentée par Shannon Associates aux États-Unis depuis 2006, travaillant à des publications scolaires et pour la jeunesse.

Détentrice d'un baccalauréat en théâtre et d'une maîtrise en interprétation théâtrale, **Cora Lebuis** s'est notamment «attaquée» aux personnages de grands auteurs du répertoire théâtral mondial, tels que Shakespeare et Tchekhov. Elle a eu la chance de travailler au Shakespearean Theater of Maine. Ces dernières années, elle a joué principalement pour le théâtre jeunesse. Avec la troupe l'Arsenal à musique et le spectacle multimédia *Alice*, elle a parcouru le Québec, l'Ontario, la Colombie-Britannique et l'Italie, en interprétant ce spectacle en français, en anglais et en italien.

Depuis sa sortie du Conservatoire d'art dramatique en 2001, **Sophie Cadieux** connaît une carrière impressionnante. Sa première expérience solo dans *Cette fille-là*, mise en scène de Sylvain Bélanger, a été récompensée d'une nomination en tant qu'interprète féminine de l'année à la Soirée des Masques de 2005. Cumulant une dizaine de productions théâtrales, elle est aussi codirectrice artistique de la Banquette arrière, compagnie de théâtre qui regroupe les diplômés de sa classe du Conservatoire. Elle fait également partie de la Ligue nationale d'improvisation, où elle remportait le trophée Pierre-Curzi de la recrue de l'année en 2002.

Carl Béchard occupe un rôle de premier plan dans le milieu du théâtre québécois. Très présent sur les scènes mais aussi derrière le rideau, il a fait plusieurs mises en scène au théâtre, dont le très prisé *Malade imaginaire* de Molière au Théâtre du Nouveau Monde en 2006 et, plus récemment, la pièce à succès *Toc Toc* au Festival Juste pour Rire. À titre de comédien, il a fait partie de nombreuses productions théâtrales et de la distribution de plusieurs téléséries. Carl Béchard enseigne la voix et la parole dans le cadre d'ateliers au Conservatoire d'art dramatique de Montréal.

Achevé d'imprimer
en octobre 2008 sur les presses de
Transcontinental Métrolitho

Imprimé au Canada – Printed in Canada